画给孩子的自然通识课

雨林，生机盎然哟

童心　编绘

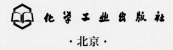

化学工业出版社
·北京·

图书在版编目（CIP）数据

雨林，生机盎然哟 / 童心编绘 . —北京：化学工业出
版社，2024.8
（画给孩子的自然通识课）
ISBN 978-7-122-45624-3

Ⅰ．①雨… Ⅱ．①童… Ⅲ．①儿童故事 - 图画故事 -
中国 - 当代 Ⅳ．① I287.8

中国国家版本馆 CIP 数据核字（2024）第 094369 号

YULIN，SHENGJI ANGRAN YO

雨林，生机盎然哟

责任编辑：隋权玲　　　　　　　　　装帧设计：宁静静
责任校对：李露洁

出版发行：化学工业出版社（北京市东城区青年湖南街 13 号　邮政编码 100011）
印　　装：北京宝隆世纪印刷有限公司
880mm×1230mm　1/24　印张 1½　字数 15 千字　2024 年 8 月北京第 1 版第 1 次印刷

购书咨询：010-64518888　　　　　　售后服务：010-64518899
网　　址：http://www.cip.com.cn
凡购买本书，如有缺损质量问题，本社销售中心负责调换。

定　　价：16.80 元

目 录

1　什么是热带雨林

2　一层又一层的热带雨林

4　特殊的叶子

5　你知道树木的年龄吗

6　亚马孙热带雨林

7　世界第一大河——亚马孙河

8　亚马孙热带雨林里生活着哪些动物

10　可爱又危险的家伙

11　不可小瞧的蚂蚁大军

12　南美雨林中的代表植物

14　美丽的陷阱

15　亚洲热带雨林

16　哪些动物生活在亚洲热带雨林里

18　啊，脾气真坏！

19　亚洲热带雨林中的代表植物

20　千奇百怪的"脚掌"

22　植物的绞杀术

23　中国雨林的标志——望天树

24　空中居民——附生植物

26　踏遍非洲热带雨林

28　非洲热带雨林的代表植物

29　雨林植物怎么授粉和传粉

30　土著居民

32　动物的伪装术

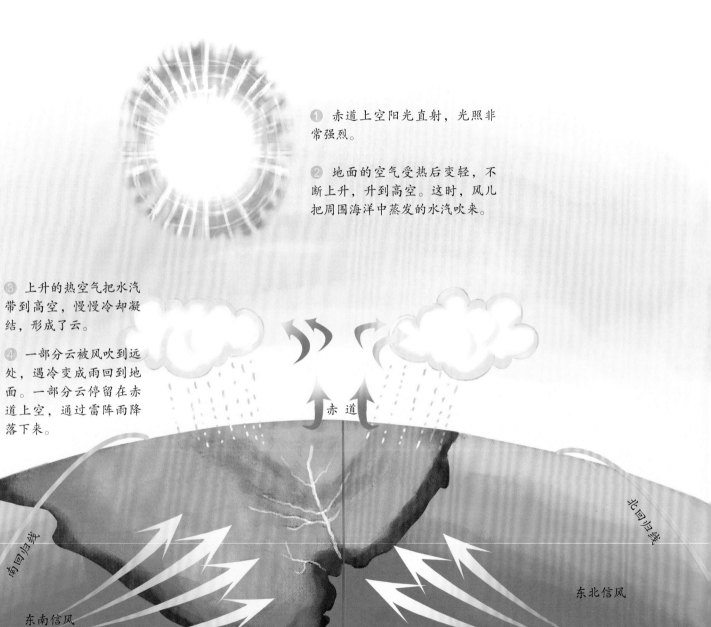

① 赤道上空阳光直射，光照非常强烈。

② 地面的空气受热后变轻，不断上升，升到高空。这时，风儿把周围海洋中蒸发的水汽吹来。

③ 上升的热空气把水汽带到高空，慢慢冷却凝结，形成了云。

④ 一部分云被风吹到远处，遇冷变成雨回到地面。一部分云停留在赤道上空，通过雷阵雨降落下来。

赤道

南回归线

北回归线

东南信风

东北信风

什么是热带雨林

热带雨林是位于地球赤道附近的森林，那里阴暗、闷热、潮湿，抬头难以直接看到太阳，低头到处都是苔藓，地面又湿又滑，虫蛇出没，每走一步都要非常小心，堪称是世界上最危险的森林之一。

北回归线

这是北回归线，太阳直射点在北半球时，最远可以直射到这里。

赤道

南回归线

这是南回归线，太阳直射点在南半球时，最远可以直射到这里。

热带雨林

热带雨林虽然面积只占地球陆地面积的2%，却生存着地球上一半以上的物种。

地球的肺

热带雨林就像一个巨大的"空气净化器"，不断地吸收空气中的二氧化碳，并释放出氧气，所以，人们也把热带雨林称为"地球的肺"。

雷雨天

热带雨林虽然一年都是夏季，但一天内气温还是有些变化。早晨天气晴朗，快到中午时开始热起来，中午刚过可能就会有阵雨，到了黄昏时感觉凉快。

一层又一层的热带雨林

树冠层

树冠层由高大乔木的枝叶组成。这些枝叶纵横交错，密不透风，就像一片绿色的天幕覆盖在林中。树冠层是整个雨林中最热闹的地方，因为雨林里的大多数动物都生活在这里，尤其是猴子们的"天堂"。

热带雨林里有非常多的植物，它们有的高，有的矮，就像我们建造的楼房一样，分成了不同的层。

灌木层

灌木层安静、阴暗又潮湿，生活在这一层的动物们，既要四处寻找食物，又要时刻小心，不被别的动物吃掉。

突出层

突出层是热带雨林的最高层，由巨大的乔木分散组成。这里光线充足，一片明媚，是鸟儿和蝴蝶的"王国"。

中间层

因为光照和气流被树冠层阻挡，所以中间层一直处于昏暗中，而且非常闷热。

变色龙生活在这一层，它们会变换身体的颜色来保护自己。

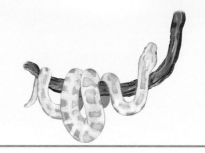

地被层

地被层是热带雨林的地表，植物和动物的尸体都在这里腐烂、消失。地被层到处是湿滑的苔藓，走在上面要非常小心。

这一层有很多食肉动物，瞧，美洲豹就是其中的代表。

特殊的叶子

光合作用

树叶吸收二氧化碳，释放出氧气。

人类和动物吸收氧气，排出二氧化碳。

二氧化碳

氧气

对于我们来说，氧气可是维持生命的重要物质啊！

那就得感谢我们啦。

橡胶树叶叶面有一层保护蜡，可以防止水分蒸发，以免自己被烤干。

一些叶子的叶柄像"关节"一样，可以随着光照调整叶子的姿态。当光照强烈时，叶柄转动，让叶片细窄的一面对着阳光，这样叶子就不会被烤干；当阴天时，叶柄又转动调整叶片，最大限度地吸收阳光。

在热带雨林中，阳光炙烤着高大的树木，为了生存，树叶努力地"拯救"自己。

我转

我再转

橡胶树叶

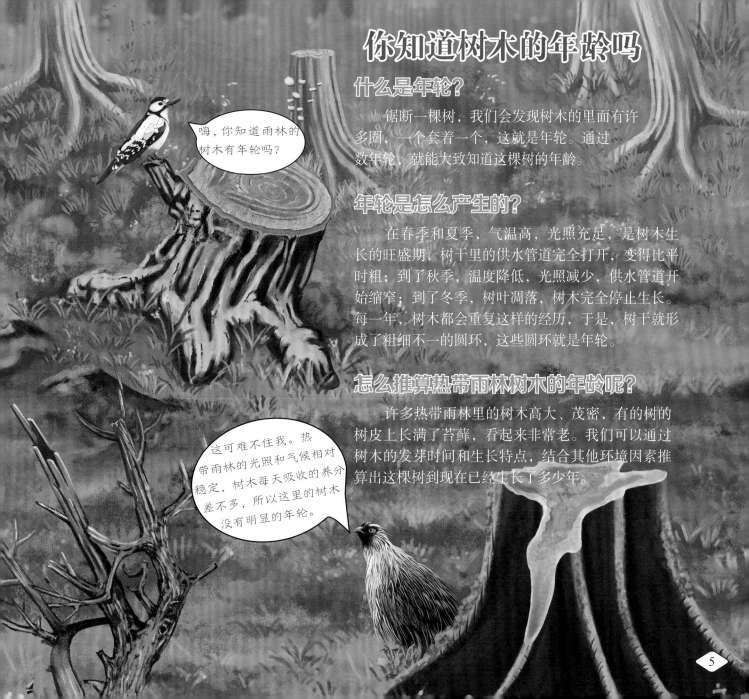

你知道树木的年龄吗

什么是年轮？

锯断一棵树，我们会发现树木的里面有许多圈，一个套着一个，这就是年轮。通过数年轮，就能大致知道这棵树的年龄。

年轮是怎么产生的？

在春季和夏季，气温高，光照充足，是树木生长的旺盛期，树干里的供水管道完全打开，变得比平时粗；到了秋季，温度降低，光照减少，供水管道开始缩窄；到了冬季，树叶凋落，树木完全停止生长。每一年，树木都会重复这样的经历，于是，树干就形成了粗细不一的圆环，这些圆环就是年轮。

怎么推算热带雨林树木的年龄呢？

许多热带雨林里的树木高大、茂密，有的树的树皮上长满了苔藓，看起来非常老。我们可以通过树木的发芽时间和生长特点，结合其他环境因素推算出这棵树到现在已经生长了多少年。

嗨，你知道雨林的树木有年轮吗？

这可难不住我。热带雨林的光照和气候相对稳定，树木每天吸收的养分差不多，所以这里的树木没有明显的年轮。

5

亚马孙热带雨林

亚马孙热带雨林是世界上最大的雨林，那里不仅是动物和植物们的乐园，还生活着许多土著居民。

① 亚马孙河是世界流量最大、流域最广、支流最多的河流，全长约6480千米。它发源于安第斯山脉，一路上汇集了成千上万的支流，形成了一条巨大的洪流，奔向大西洋。

② 亚马孙河流经的地方，土壤肥沃，水资源丰富，许多人在那里耕种、生活。

世界第一大河——亚马孙河

　　说到亚马孙河热带雨林，就不得不说亚马孙河。因为正是这条巨大的河流孕育出了这片广袤的森林。

① 亚马孙河的入海口像一个大喇叭，当海潮进入喇叭口后，相互推挤，不断抬升，最后竟然成了直立的潮头，有时可以高5米，像一堵墙壁，十分壮观！

② 亚马孙河是一条繁忙的航道，万吨级轮船可达中游，3000吨级的海轮可上溯至距河口3600多千米远的河港。

③ 亚马孙河还是一个"聚宝盆"，流域内有丰富的矿产资源，如石油等。以前，秘鲁需要进口石油，自从在亚马孙河流域发现石油后，摇身一变，成了世界上重要的石油输出国。

亚马孙热带雨林里生活着哪些动物

蜘蛛猴

南美浣熊

松鼠猴

金刚鹦鹉

夜猴

亚马孙森蚺

食鸟蛛

蜂鸟

食蚁兽

野狗

蝙蝠

凯门鳄

犰狳

箭毒蛙

树懒

角雕

热带雨林里有许多动物,它们有
的藏在茂密的枝叶间,有的藏在浑浊
的水里,快来认识它们吧!

犀鸟

美洲红鹮

红面吼猴

负鼠

野猪

貘

细腰猫

淡水龟

巨嘴鸟

水豚

可爱又危险的家伙

金刚鹦鹉

金刚鹦鹉被称为"大力士"，因为它那像镰刀一样的大嘴，可以轻易地啄开坚硬果实的外壳。

美洲豹

美洲豹十分厉害，敢冲入河中捕杀鳄鱼。

箭毒蛙

箭毒蛙小小身体里的毒素可以杀死约2万只老鼠。除了人类，箭毒蛙几乎没有天敌。

食蚁兽

食蚁兽虽然牙齿不适合咀嚼，但它们的舌头却有60厘米长，还长着倒刺，可以轻易地伸入蚁穴，吃到蚂蚁。

海牛

海牛的食量非常大，肠子足足有30米长，吃起草来就像卷地毯一样。

树懒

树懒总是紧紧地抓着树枝，待在树上，只有爬向另一棵树或者排便时，才会到地面上。它用肚子贴着地面，努力地向前爬行，看起来十分笨拙。

食人鱼

食人鱼十分凶猛，一旦发现猎物，会成群结队地攻击。一群食人鱼能在短时间内，将一头牛吃得只剩下白骨。更厉害的是，它们的牙齿可以轻易咬断钢制的鱼钩。

不可小瞧的蚂蚁大军

在热带雨林里，大约有50多种蚂蚁，虽然种类不多，但它们繁殖速度极快，数量惊人。

白蚁

白蚁是雨林中一种非常重要的昆虫。它们可以快速地"消化"木材，破坏树干和枝条等。

军蚁

军蚁十分可怕。它们常常几万只聚在一起组成大部队，捕食青蛙，吃掉大蛇，啃食飞鸟，它们经过的地方总会被吃个精光。

阿兹特克蚁

阿兹特克蚁与一种蚁栖树是天然的共生物种，蚁栖树树干有含糖的分泌物，阿兹特克蚁以这种分泌物为食物，生活得十分惬意。

切叶蚁

切叶蚁非常勤劳、整洁。它们总是先把树叶用锋利的牙齿切开，再运回洞穴弄碎，加入粪便等肥料，最后在肥料上培养一些菌类，用长出来的真菌喂养幼虫。

南美雨林中的代表植物

南美雨林气温很高，雨水充沛，是全世界动物和植物种类最丰富的地方之一。

香脆可口的腰果

腰果造型独特，十分好吃，不过，它的故乡却在遥远的南美洲雨林。

按时开放和闭合的时钟花

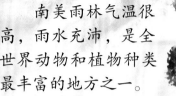

时钟花每天太阳升起时开放，太阳落山时闭合。更不可思议的是，时钟花的花瓣很像时钟上的数字，花蕊很像指针，简直是天然的钟表。

贵重的黄檀木

黄檀木其实并不是黄色，而是深红色、紫褐色，它是制作家具的上等木材，价格昂贵。

会爆炸的炮弹树

炮弹树的果实成熟后，会砰的一声裂开，就像炮弹爆炸一样。

树身开花的叉叶木

叉叶木生活在雨林下层，和其他树不同，叉叶木开花、结果不是在树枝上，而是在树干上。这样不仅方便了昆虫帮助花儿进行授粉，还能躲避狂风暴雨，实在是非常聪明。

害羞的雨树

雨树非常神奇。白天，它张开叶子吸收阳光雨露，到了晚上或阴天时就把叶子合起来。

像一个大圆盘的王莲

王莲有一个巨大的叶片，有的直径可达4米，一个50千克的人坐在上面，叶子仍可浮在水面上而不下沉。

用处多多的橡胶树

橡胶树是一种非常不起眼的树，但取其树汁制成橡胶后，对人类的生活产生了很大影响，小到橡皮、雨衣、篮球，大到飞机、火箭，都离不开橡胶。

能治病的金鸡纳树

金鸡纳树的树皮呈黄绿色或褐色，具有疗疾治病的本领。其树皮里含有30多种生物碱，可以有效地治疗疟疾，挽救人们的生命。

美丽的陷阱

茅膏菜

茅膏菜是一种喜欢吃肉的植物。它的小叶上布满了红色腺毛，腺毛的顶端分泌出形似露珠的黏液，一旦小昆虫碰到它，立刻会被粘住。这时，茅膏菜的腺毛将小昆虫紧紧抱住，使其无法逃脱。

瓶子草

瓶子草十分危险，它能散发出香甜的气味，吸引小昆虫前来采食。只要小昆虫掉进瓶子里，就会被里面的消化液淹死，并慢慢地分解掉，成为瓶子草的营养来源。

为什么植物爱吃肉呢？

这些爱吃肉的植物，虽然本身有叶绿素，可以进行光合作用，但它们的根系不发达，很难从地下吸收到养料，所以只好靠捕食昆虫来补充身体缺乏的氮素等养分。

捕蝇草

捕蝇草也是食肉植物中的一员。它的叶片呈半圆形，颜色艳丽，边缘长着硬刺，就像长长的睫毛。叶片分泌出甜蜜的蜜露，引来昆虫并把它们粘住。这时，捕蝇草迅速关闭叶片，将昆虫夹住，几天后，猎物就会被消化掉。

瓶子草是怎么捕猎的？

① 瓶子和瓶盖分泌出一种又香又甜的蜜汁，把四面八方的小昆虫引诱过来。

② 昆虫飞到瓶口吃蜜时，一不小心会滑进瓶子里。这时，瓶盖会自动合上。

③ 惊慌失措的昆虫们想方设法地逃跑，但不是一头撞在盖子上，就是被瓶子草内壁的茸毛所阻挡，最后纷纷掉入瓶底的"水池"里。

④ 瓶底的水由内壁分泌出的消化液组成，具有分解作用。过不了几天，落入陷阱的昆虫们就会被消化掉。

亚洲热带雨林

　　亚热带雨林是生长在暖温带多雨地带的常绿林带，分布在从跨越南半球的印度尼西亚到北半球的中国、菲律宾、越南、泰国、马来西亚和印度等国家。走入亚洲热带雨林中，你会看到另一种别具特色的景象，河流交错，原始森林遮天蔽日，藤蔓缠绕在一起，巨大的像墙壁一样的板状根，动物种类繁多，植物也非常丰富……总之，这个像迷宫一样的地方，现在已经成为许多冒险者的挑战目标！

哪些动物生活在亚洲热带雨林里

亚洲热带雨林中的动物十分有趣,
它们有的脾气温和, 有的暴躁凶猛, 有
的总是打架, 还有的胆小害羞……

马来亚长臂猿

绿树蟒

棕树凤头鹦鹉

红毛猩猩

苏门答腊虎

原鸡

云豹

苏门答腊犀牛

黑胸太阳鸟

双角犀鸟

树袋鼠

黄腰太阳鸟

鹤鸵

马来熊

蓝翅八色鸫

穿山甲

凤蝶

马来貘

网纹蟒

泽巨蜥

17

啊，脾气真坏！

亚洲象

亚洲象身体庞大，行动起来总是慢腾腾的，常常给人一种憨厚、善良的感觉。

孟加拉虎

孟加拉虎，也叫印度虎，是当之无愧的百兽之王。在所有虎中，孟加拉虎虽然不是最高大、最强壮的，却是最凶猛的。它们很爱吃肉，不管是豹子、狼，还是野牛、羚羊，它们都来者不拒，统统享用。

亚洲雨林蝎

亚洲雨林蝎平时像一个绅士，可它们非常敏感，还有点神经质，只要周围有一点动静，它们就会张牙舞爪。

食人鳄

食人鳄栖息在雨林的河口、海岸和沼泽地里，它们十分危险。

黑豹

黑豹会攀岩、爬树，还会游泳。它们自认为本领高强，平时总是一副很威风的样子，就连鳄鱼都不放在眼里。

水果大王——榴梿

榴梿有一种独特的气味，喜欢它们的人闻着很舒服，讨厌它们的人闻着会很恶心。不过，榴梿的果肉非常好吃，而且是所有水果中营养最丰富的，因此有"水果之王"的美誉。

臭花的代表——巨型海芋

巨型海芋生长在苏门答腊岛的热带雨林里，是世界上最臭的花之一。这种花开放后，会散发出一种恶臭味，据说，这种花还把人当场熏倒过。

世界第一大花——大王花

大王花直径可以达0.9～1.4米，最重可以长到10千克，被称为是世界第一大花。大王花的花瓣又肥又厚，还布满小斑点。它们的味道独特，并非所有人都能接受。

长着胡子的老虎须

花儿的颜色五彩斑斓，十分漂亮。可是，老虎须开的花竟然是黑色和紫褐色的，而且，花瓣的底部长着几十条紫黑色的细丝，看起来就像一位老人的长胡须，非常怪异。

香料之王——胡椒

来到厨房里，快找一找胡椒粉，没错，这种胡椒粉就是用雨林里胡椒树的种子加工而成的，因为有了胡椒，食物变得更加美味，所以，人们把胡椒称为"香料之王"。

千奇百怪的"脚掌"

热带雨林虽然温暖潮湿，但是土壤非常贫瘠，植物很难从地下吸收到养分，尤其是高大的树木。令人惊喜的是，地面上因为有树叶、树木和动物尸体不断地腐烂、分解，所以表层的营养最丰富。为了生存，高大的树木开始了激烈的竞争，它们千方百计地改变着根部，拼尽全力想要吸收更多养分。

像墙壁一样的板状根

走在热带雨林中，到处能看见巨大的板状根。这种独特的根不仅可以吸收养分，还能稳稳支撑高大的树木，抵抗大风和暴雨的冲击。

板根屋

在热带雨林里，猎人常常借助巨大的板状根搭建临时住所。他们采摘巨大的芭蕉叶，架在板状根上面遮风挡雨。

呼吸根

呼吸根是用来呼吸的。在热带雨林中，有些植物因为土壤中严重缺氧，便长出了一种不定根。不定根向上生长，露出地表或水面，吸收氧气，这就是呼吸根。棕榈树有许多细小的呼吸根。

球状根

海南山乌龟又叫地不容，它的球状根没有进入土壤，而是露出地表，这是因为雨林土壤贫瘠，而土壤表层的营养最丰富。

支撑植物的支柱根

支柱根其实是植物的不定根。有一些植物，能从茎秆或接近地表的茎节上，长出不定根，不定根向下生长，插入土壤中，就成了支撑植物生长的支柱根。例如露兜树的支柱根就非常有名。

密密麻麻的网状根

印度胶榕实在很聪明，它们知道地表营养丰富，所以让根不断地朝更远的地方扩张，慢慢地，这些根就在地表交叉结合，结成了一张大网，成了网状根。网状根牢牢地抓着地面，防止其他植物侵入。

植物的绞杀术

在热带雨林中，有一种残酷的植物竞争方式——绞杀。最著名的绞杀植物是绞杀榕，它发达的气生根成为绞杀其他植物的绳索。

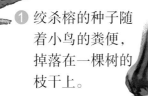

❶ 绞杀榕的种子随着小鸟的粪便，掉落在一棵树的枝干上。

❷ 种子在树干上发芽、生根，一面向上攀缘，一面长出气生根向下生长。

❸ 气生根扎入土壤，与树木争夺营养物质，同时气生根慢慢地将树干包围起来。

❺ 树木得不到阳光和营养物，慢慢地枯死了，而绞杀榕杀死"寄主"后，自己则长成了一株新的大树。

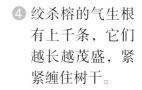

❹ 绞杀榕的气生根有上千条，它们越长越茂盛，紧紧缠住树干。

藤蔓也非常会用"绞杀术"。在热带雨林，你常常会看见一条条藤蔓拥抱着一棵高大的树木，千万别以为它们是关系亲密的朋友，其实，藤蔓正在"绞杀"树木。

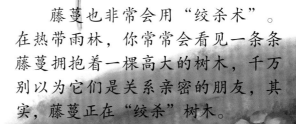

中国雨林的标志——望天树

望天树只生长在我国云南西双版纳的雨林中，是一种十分珍稀的树种。

这种树可以长到80米高，直冲云霄，需要仰起头才能看到树顶，所以人们就给它起名叫"望天树"。

望天树树干笔直，不分杈，树冠像一把巨大的伞。

望天树树干上的树皮虽有浅纵裂，但摸上去还是十分光滑的，附生植物和藤本植物根本无法在上面生活，这让雨林中的其他树木羡慕极了！

遗憾的是，望天树的种子很少，种子的寿命也很短。种子一旦落地，常常会快速腐烂。所以，望天树仍然是一种很珍稀的树种。

空中居民——附生植物

积水凤梨

积水凤梨的大多数种类都是空中居民。它的叶片一环一环地排列，中心形成了一个大大的漏斗，里面可以存储水。这些水分不仅供积水凤梨自己饮用，还是许多小昆虫的饮用水。

真菌

真菌也喜欢在树干上安家。

一只箭毒蛙妈妈背着小蝌蚪们爬上高高的树木，把宝宝们放进凤梨的"水池"里。

直到尾巴消失，小蝌蚪变成了蛙，它们才从池里跳出来。

凤梨"托儿所"

小蝌蚪住进"托儿所"，吃里面的蚊子幼虫。

植物为什么长在树上？

雨林下层几乎没有阳光，而且土壤贫瘠，为了得到阳光，吸收养分，许多植物将家搬到了空中，成为了空中居民。它们自己吸收水分，制造养分，不向"房东"索取。

巢蕨

附生在树干上的巢蕨很像一个大鸟巢，这种独特的造型可以更好地收集养料，比如，落入里面的树叶、小昆虫和粪便等。

兰花

兰花家族中的许多成员都是"空中居民"。它们从水汽、雨露和腐败的枝叶、动物粪便和尸体中吸收养分。

有一些雨林植物非常奇怪，它们不是长在土壤中，而是借住在其他植物上。有时，一棵乔木上居住着上百种植物，远远看去，就像一个"空中花园"。

踏遍非洲热带雨林

白额长尾猴

赤猴

红河野猪

眼镜猴

非洲灰鹦鹉

说起非洲，我们首先想到的就是沙漠，还有皮肤黑黑的黑人。其实，非洲也有热带雨林，刚果河、赞比西河等许多条河流从中穿过，使得非洲雨林不仅面积很大，而且树种丰富。当然，这里也有许多珍奇的野生动物。

倭河马

紫羚羊

加蓬蝰

树蹄兔

黄背小羚羊

黑白疣猴

果蝠

太阳鸟

小变色龙

水鼷鹿

大王花金龟

球蟒

绿曼巴

非洲热带雨林的代表植物

波巴布树

——天然水库

波巴布树的树冠巨大，稀疏的树杈酷似树根，远远看去就像是摔了个"倒栽葱"。它的果实巨大如足球，甘甜多汁，每当成熟时，猴子们抢着来吃，所以这种树也叫作"猴面包树"。

——天然村舍

当地人将波巴布树的树干掏空，搬进去居住，从而在当地形成了一种非常别致的"村舍"。

旅人蕉

旅人蕉被称为雨林里的"水龙头"。当你口渴时，用小刀在旅人蕉的叶柄处划开一个小口，清凉甘甜的水会立刻流出来，过一会儿，口子会自动合上。

☺人们在波巴布树内居住。

神秘果

神秘果非常神奇，吃了这种果子，在短时间内不管吃什么酸东西都会觉得甜甜的。

雨林植物怎么授粉和传粉

什么是授粉呢？植物为什么要授粉呢？其实，授粉就是将花粉从一朵花传到另一朵花。植物只有授粉后，才会结出果实，一代又一代地生长下去。

兰花

兰花的种子像灰尘一样细小，风可以把它们带到森林的各个角落。

热带雨林里的许多植物，不是通过昆虫传粉，而是通过鸟类（如太阳鸟）传粉。这些鸟有又细又长的喙，每天在花丛中飞来飞去，很适合做传粉工作。

巨型海芋

海芋散发出强烈的臭味，吸引苍蝇和甲虫来给它传粉。

大王花

大王花的种子很小，几乎很难被发现。大王花的种子具有黏性，当动物经过大王花周围地面时，种子会黏附在它们的皮毛或脚上，传播到其他地方。

刺豚鼠

刺豚鼠把坚果埋在地下，准备饿的时候再吃，结果它们常常忘记埋在了哪里，这样，种子就可以发芽了。

土著居民

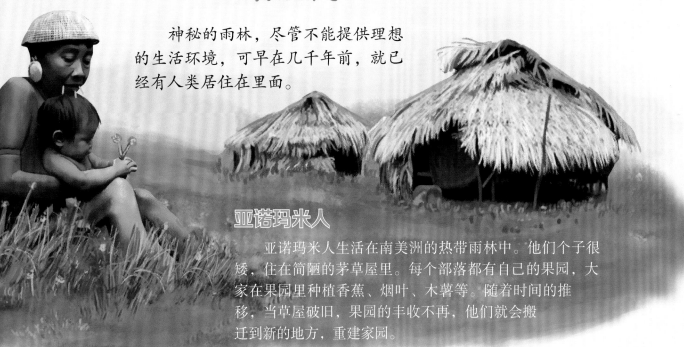

　　神秘的雨林，尽管不能提供理想的生活环境，可早在几千年前，就已经有人类居住在里面。

亚诺玛米人

　　亚诺玛米人生活在南美洲的热带雨林中。他们个子很矮，住在简陋的茅草屋里。每个部落都有自己的果园，大家在果园里种植香蕉、烟叶、木薯等。随着时间的推移，当草屋破旧，果园的丰收不再，他们就会搬迁到新的地方，重建家园。

伊班人

　　伊班人生活在亚洲热带雨林中。他们以独特的刺青文化而闻名。男性通常全身都有刺青，而女性主要在手上和脚上刺青。在伊班人的观念中，刺青的颜色越黑，代表着越高的荣誉和地位。

本南人

　　本南人同样生活在亚洲热带雨林里，他们以纯朴和善良著称。每当打到猎物，他们都会和部落成员共同享用。本南人很喜欢唱歌。

　　土著人的房屋几乎都是用树枝、树叶、藤蔓和茅草等自然材料搭建而成。不过，不同雨林里的土著人的房屋并不一样。

俾格米人

　　俾格米人生活在非洲热带雨林深处，他们身材矮小，皮肤黝黑，头发卷曲。

　　俾格米人住在茅草屋里，男人负责打猎，女人负责采摘野果，过着简单而原始的生活。

动物的伪装术

伪装术在热带雨林中非常流行，许多小动物都会进行色彩伪装或者是形态伪装。伪装术可以帮助它们靠近猎物，或从猎食者口中逃生。

美洲豹

美洲豹身上的斑点和条纹，有助于它们在树影斑驳的雨林环境中隐藏自己，使它们不那么容易被猎物或天敌发现。

纺织娘

秘鲁纺织娘的翅膀上有两个大斑点，很像两只眼睛，它们常常利用这对明亮的"大眼睛"迷惑和恐吓敌人。如果遇到强大的动物，被咬住的常常是它的翅膀，而不是要命的头部。

竹节虫

竹节虫身体细长，当6足并拢时，看起来很像竹节。这种巧妙的伪装术，使它们很难被发现。

枯叶蝶

枯叶蝶很像一片秋天枯萎的树叶，而雨林里树叶很多，所以当它停在枝叶间一动不动时，几乎从不会被发现。

兰花螳螂

兰花螳螂是螳螂家族中最漂亮、最亮丽的成员之一。它们寄居在兰花上，不仅能跟着花色的深浅而调整身体颜色，就连体态也和兰花相似，实在厉害啊！